思念

指南

否思
著

目錄

輯一——思念指南

目錄

目錄

輯三——欸，我很想念你

輯一

思念指南

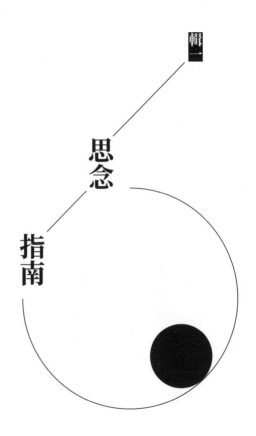

以前是，現在是，未來也會是

因為很愛一個人，所以把他寫進心愛的筆記本收藏，你注意他生活的所有細節，關心得甚至超過了自己太多，像是他喜歡什麼顏色的衣服、香水是木質還是花香，或是下課後習慣在哪間餐廳吃飯。

寫著寫著，到了某天，其中一人離開了，就像某種自證的預言。因為想忘記關於他的一切，所以要把所有字跡擦得一點也不剩，然而到了下手前才發現實在是太多了，你不知道應該刪去哪些、留下什麼，因為也許接下來好多好多個失眠的夜，你還會想拿出來翻一翻。

其實在寫下他的那個瞬間，筆記本就再也不只屬於你了，也沒有人能夠讓它乾淨得就像從未被翻動。

以前是，現在是，未來也會是。

再見你一面

於是我們終於也在這了，在同一個時區，共享同一片天空的晝夜。我曾有的安全感不再了，只因為我們隨時可能在這城市遇見，如果真有那麼一天，我希望那是個下著大雨的日子，你我撐著彼此的傘，在人群裡交會然後再一次錯過，在傘的庇蔭之下我不會再看見你的臉，我日日夜夜想念的那張臉。親愛的，我曾說過想再見你一萬遍，如今卻是這樣害怕再見你一面。

思念指南

不要太常去他可能出現的場所
兩個人不代表能有兩次錯過

該吃就吃，該睡就睡
就算生活早已沒有什麼值得盼望
還是要努力完整自己

不要窺探，不要期待
看到他太開心的模樣
帶來的可能不只是失望

想哭的時候
就埋進枕頭好好地哭一場
那是世界上少數只屬於你的地方

其實，海能告訴你的不多
有些話要自己說過才會懂
夢總是短暫
但要相信那是再真不過的快樂

不是所有開始都有結束
想念的時候就要用力地想
你還是能把自己的溫柔好好收藏

日常

我想再學一次
關於愛你的表達方式
因為你總是覺得
用說的不夠誠實

我可能沒辦法送你
這星球上最珍貴的寶石
但我們可以每天面對面
一起好好地吃一頓早餐

當你的生活被疲憊淹沒
我會張開雙手
不多問什麼
等到你哭累了
我們可以睡醒了再說

就算每日平淡
時間走的慵懶
我也未曾懷疑過自己的幸運
日子一長
我們便成為彼此的日常

從未告訴你的是
我每天都把愛你分成兩次
在睜開眼的時候
還有闔上眼之前

早安，晚安
今天也一樣想你

沒有

想和你分享幾件
平凡不過的事
午後的雨
清醒的夢
我哭了一整晚

街邊的貓睡著了
我停在電風扇前
看它旋轉的樣子
像夏天
一樣漫長

沒有力氣的時候就
去想像輕輕閉上眼睛
和用力閉上眼睛
有什麼不同
明天太遠
我只能付出這些

心裡有愛的時候
擁抱都是假的
當我用力地墜落
請不要接住我
你會受傷
你會痛

很小很小

很小很小的愛情
像是坐在 7-11 分食一碗湯
在海堤上看夕陽落下
幫你繫上安全帽的頤帶
還有一起裝好
需要綁起尾端的被單

很小很小的失去
像是被你未接的來電
缺席的時間
不算太長卻太多的等待
你收進抽屜的小小秘密
還有回不去的房間

很難很難的
不是愛情而是延續
很笨很笨的
是相減還是我愛你

我是那樣矛盾的希望

親愛的，我記得每片躺在你右側的景色、黃色窗簾投出的光線，我記得整夜大雨、鐵皮屋頂的工廠，還有深夜遠方的十字架招牌。

我記得你頭髮的每一種長度，記得你背著海、記得相機遮住你半張臉的時候。記得你的指甲，記得橘色、紅色，還有藍色。我記得你手掌的紋理，記得那些時候是怎樣連接我的左心房。

當然我也記得你說你愛的是愛你的我、你說你愛的是被愛的感受。我也記得我是那樣、那樣的愛你，我都記得，我都記得。

而我又是那樣矛盾的希望，卻又不希望有個人能像我，像我一樣記得你的一切，像我們成為我們。

你靠近我就知道是夢

想像世界末日時
你會站在我身邊
從此便不再害怕
沒有你在的任何時刻

你該後悔對我透露
那些噩夢的細節
我不停盤算
該跳進哪片海域
才能殺死你害怕的海怪
然後告訴你這是整人節目
笑一個，鏡頭在這裡

說一個迂迴的謊
把秘密寫成難懂的詩
似乎能讓失戀
變成比較偉大的事情
可惜會寫詩的人太多
我只能努力練習
把你的名字寫得好看一點

只和你走過一次長巷
卻睡著在遠方的堤防
閉上眼睛回放
我們就已經去遍了
世界上所有地方

還未學會飛行
就被推落懸崖的鳥
發現自己愛的是自由落體
還未學會愛人的我
就發現

我愛你

我討厭 我愛你

我的羅盤只能指向有你的風景
就像一張單人椅
只能容得下一雙眼睛

你一定不知道
但真的沒關係
反正我討厭我自己

於是我提筆寫下你
寫到指紋都被磨平
寫到夜空裡沒了星星

其實也不是不能放棄
只是總覺得可惜
可惜我們相遇在美好的年紀
卻沒有相對應的結局

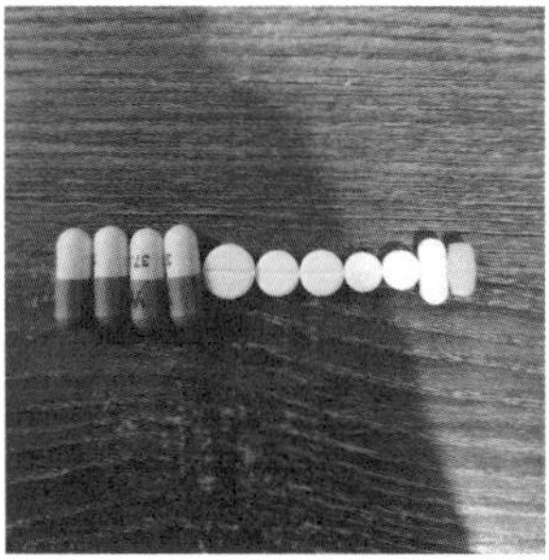

海市蜃樓

思念是一場追逐
朝著你的背影追逐
一直走
一直走丟
人海的吵雜逐漸淡出
身後的荒涼提醒我沒有退路

當疲憊的腳步擱淺
我一停下
你又回頭

tame me

跟你說了晚安之後
快樂在眼前接著躍過柵欄
畫面的時間太短
我忍不住重播你的側臉

悶熱的想念
總是比較黏膩
一旦開始就難結束
你把夏天染上裙擺
在我心裡烙下你的雙眼

馴服海怪之後
我再也不畏懼深深的夜
心頭無波
我們常在裡頭游泳
牠有時安靜
有時在一旁唱著歌

忘記什麼時候開始深信
太美好的顏色
一說出口就會溶解

所以晚安，親愛的
你要夢見我。

舊的歌，新的事

親愛的，你還在聽當時你喜歡的那些歌嗎？我在隨機播放的歌單裡發現了很多喜歡的音樂，可聽著聽著，最常循環的還是那幾首舊的歌，就像每天都會發生新的事，可佔據我腦海的還是你的影子。我不確定你知不知道我最愛的樂團，後悔沒能趁還能發生的時候帶上你一起聽他們的音樂，雖然我也不確定你會不會喜歡，但我想用他們的歌來告訴你，我很愛你，在發生了這麼多新的事以後，依然愛你。

感覺

記憶在
冷天炙熱

房間的氣味
棉被的餘溫
小指的銀戒
蓬鬆的圍巾

不經意的笑在
目光對上
的瞬間

一起

外面正在下雨
我把家具都搬空了
你卻說你要去的地方很遠
不適合兩個人並行

你不知道
在那些溫柔細膩的瞬間
我已經把一起見過的山海
縫進你的手心
只怕哪天你聽不見我喊你

待我提筆寫下你
你可以帶著你的自由
把影子的重交付給我
旅行的意義並不是離開這裡
而是一起離開過去

一起　之三

一起看過大海
看過海浪掏走砂礫
一起看過山巒
看過稜線高低起伏

一起走過夏天
當夏夜晚風吹拂
一起度過寒冬
把你的手放進
我的大衣口袋

一起做夢
一起醒來
一起吃一份
習慣的早餐

一起擁有
一起失去
一起記得彼此
然後再一起忘記

一起 之四

你阻止了我的想念
他們都留在原地
愛的可能被熄滅
我又點起了一支菸

窗外終於輪到好的天氣
可有你的過去還下著雨
我放棄在雨中掙扎
開始練習原諒自己

你知道了我的秘密
就像被劇透的電影
不會有人買單
也沒人會在乎結局

其實也不是非你不行
只是我還想跟你一起
那些遠方
也還想跟你一起

可不可以
抱我一下

可不可以抱我一下
讓我知道你也在呼吸
也在生活
我想讓你知道我很累了

閉上眼之後
讓我碰碰你的臉好嗎
我想記住現在的一切
然後刻在手上

我的心太滿了
而手還是空著的

要走之前跟我說句話
讓我以後能夢見你還

記得我

你的

想成為你的毛衣
你的筆記本
或你的眼鏡

在你冷的時候
寫信的時候
或是看著他笑的時候

我不需要成為更好的人
我擁有你的身體
你的指尖
還有你的眼睛

我知道你的粗心
當背包的拉鍊勾出一個傷口
我知道你的秘密
當你寫下潰堤
我學會絕望
當我計算出你視線的焦點

我想總有一天
你會忘記我的一切
像曾經被你丟掉的那些
但沒關係
我會記得
我會

是因為天氣晴朗才愛你

風慢慢吹
我慢慢看著
手裡的沒抽的菸
在空氣裡慢慢流動
太陽是焦慮的解藥

天空裡沒有雲
你在做什麼呢
想告訴你的事情很多
可是你沒有問過

我知道冬季漫長
短暫的晴朗
是雨來以前的安慰劑
今天天氣真好
我可以愛你

但如果明天下雨
我們就不要在一起

* 靈感來自理想混蛋〈不是因為天氣晴朗才愛你〉

距離之外的東西

讀過一句心痛的話
才明白那些
自以為特別的悲劇
都能用寥寥幾字說明

淋過一場突然的雨
才懂得所有發生都是機率
離開或是被拋棄
不是誰的問題

去過一次陌生的國度
才知道這世界上
最遙遠的距離
永遠是距離以外的東西

愛過一個無緣的人
才發現走到哪裡
視網膜上總有他的殘影
後來的每一個愛人
都只是他的代替

輕輕

在你睡著時
輕輕地看著你長長的睫毛
你醒來之後
給你一個輕輕的吻

輕輕地對坐吃著
巷口買的早餐
出門前輕輕地擁抱
在安靜的巷子裡輕輕的走

下班進門
輕輕地喊你的名字
看著晚餐的熱氣蒸騰
我們就一起融化在裡面

夜深了
輕輕地說晚安再
輕輕地做一個輕輕的夢
我們要在輕輕的日常裡
輕輕地
我愛你

親密

帶著濕氣的擁抱無法深入
探索後的餘溫還留在指尖
我已經迫切地想要離開

杯裡的冰塊相黏再一起融化
是在不適合的天氣
遇到了適合的心

寬容地面對未曾謀面的時間
接收季節的記憶

也算是一種逃避

我常常有一種感覺
我們都是一種病
只是還未被命名
我不怪你

我還在你的夢裡嗎

說了晚安
就能睡得更好一些嗎
今晚的雨下得很重
我害怕做一場夢
害怕醒來你就消失不見

你會夢見我嗎
在這樣漫長的時間裡
我只記得你透明的眼睛
想念已經不再是理由

屬於記憶的冬天要來了
我會穿上厚厚的大衣
每天期待
在街上能再瞥見你一眼

說了晚安
你就能出現在我的夢裡嗎
晚安晚安
希望你有聽見

長夜

長夜是用來遺忘
緩慢地消化
那些曾經
與還未感受到的痛

我用手掌
感受思念的質地
像風
像無色的沙
像閉上眼的黑暗

我從昨天開始遠行
目的是
沒有目的的明天
你在我的前方
卻不再是終點

問題都被精心陳列好了
過了一個又一個夜晚
沒有人上岸
也沒有人有答案

星夜

想像我們一起看著星夜
看著彼此遙遠
卻又如此相近的星星

或是在海邊看著夕陽
風拂過你的頭髮
揚起我心裡的漪

想得起來的
都是很久以前的事
在陽台看著遠方的樓
在你身邊躺下
在你心上
感覺你的感覺

想不起來的
是你以外的臉孔
像雨水一樣滑過外衣
他們都消失在
我浪費過的時光裡

流星在我這頭落下了
此刻我們看著
同一片夜空
卻不再擁有同一片夜空
你會感到可惜
或可喜？

直到我不再等待

他們說九月的風
都是從山裡來的
在思念聚集的地方下沉
今年的風特別強
我想大概是因為這樣

已經很久沒有下雨了
我總是在乾燥時碎裂
一潮濕就模糊
忘記自己原本的形狀
忘記在你出現以前
這世界是什麼模樣

學會縮小
學會包紮和抵抗
想要變成一張床
可以容納所有顏色的傷

曾一起走過葉青和葉黃
但那句我愛你
還被埋在贅字裡
逐漸被遺忘

你在穿山越嶺的另一邊

你說你不怕黑
只怕太微弱的光
燃不起希望

擁抱總是太短
化不了時間長成的冰
你的胸口傳來寒意

還想多待幾秒
無奈車要開了
快樂只得喊停
想念再次被拉長

淚水用力地
稀釋太好的夢
一不小心
遠方就已模糊

今天突然下雨了
你不在這裡
我走不出去

＊詩題來自張震嶽〈思念是一種病〉

故事

故事很舊了
儘管每次翻閱
傷心都像新的

秋天來遲了
天氣讓人
想坐上一部車
離開這
你在或不在的城市

心已經走得
很慢了
慢慢地度過漫漫的白天
或黑夜
佐以一杯澄澈

我的步伐邁得很快了
卻還是
一直被失望趕上
當我還來不及感到快樂

故事很舊了
我的傷心還是一次次
被包裝成新的
當你已經成為故人

醒來前
我還以為
是你

我把一切都做得很慢
走路很慢吃飯很慢
傷心得很慢，很慢

而時間很快季節很快
路上的車很快
你走得很快，很快

我記得那天很長
說的話很長眼淚很長
你在我夢裡待的很長，很長

而表情很短回憶很短
剛剪的頭髮很短
說出口的永遠
永遠都很短，很短

世界末日

沒有沸騰或燃燒
沒有海嘯
也沒有黑暗的天地

有你的訊息
有你撇過頭的表情
還有門關上的聲音

陌路

我是指南針
而你靠北

還想跟你一起去看海

我曾用墨水灌溉滿溢的紙簍
也長不出適合的詞句
所以只能用說的給你聽

當我輕聲喚你
想要你聽見我呼吸的起伏
與你步伐的共鳴
當你識破我話裡的游移
就燃盡所有畏懼

輕輕捧起
你悄悄熄滅的那些
以此種下一片森林
縱然有霧
也沒有關係

還想跟你一起去看海
不用在正好的季節
是在有你的時刻
才最適宜

少年

你寫詩
寫下肋骨間的隱隱作痛
記錄溫度、天空
還有耳邊傳來的喧囂聲

你買了一本辭典
想著如果能讀完一邊
又一遍
是不是就能理解愛的意思
或至少能去形容
苦澀之外的苦澀

你不知輕重
卻仍相信遠方
即便路途杳無人跡
卻還是等待著
往深谷吶喊的回聲消散

那是你第一次感到絕望
在離家遙遠的地方
上了再高的樓又怎樣
你終究得嚥下惆悵

你可以為了吃早餐
變成更好的人

一個雨天
一個沒有目的的早晨
你緩緩起身
動作輕緩地下床
深怕吵醒了熟睡的貓

昨夜的夢還在縈繞
有些分不清
現實與夢境的交界
但你仍然如此真切地
踏上了地板

此刻離夜晚很遠
心還掛在
昨晚放給自己的歌上
漫漫長夜漫漫
獨自品味寂寞
並不是特別好受

但你仍然醒了過來
無畏昨夜或今夜的不堪
這樣地醒了過來
即便日子仍然纏繞著
即便寂寞不是偶然地發生

#年年

再也不會像個孩子般
期待新的一切
畢竟是連舊的都留不住

你很健忘
怕你沒把殘存的想念帶走
於是連同我的份一起打包
如果你在遠方安好
不要告訴我

曾經以為擁抱可以完整這
世界所有的悲劇，沒想到
就算抱得再緊，也有無法
治癒的東西。

只要你說一句對不起
我就會原諒你了

#浪費

一杯黑咖啡
一份蛋餅
或其他什麼隨便
你可以為了吃早餐
變成更好的人
不需要其他理由
也沒有任何目的

我不跟你談論宇宙

我不跟你談論宇宙
談論星空
談論行星的軌道
那些太過遙遠的未知

我不跟你談論花的名字
談論花期
談論它們顏色的含義
那些我不能確定
你在不在意的事

我想和你談論我家的貓
和你家的狗
談論哪家咖啡的冰美式
或你愛的奶類飲料
談論我愛的樂團和你愛的畫

我想和你談論愛的定義
談論擁抱
談論彼此溫度的總和
能不能再點起
一個晚上的美夢

我想和你談論想念
談論這些年
你我的方向和各自的路
我想和你談論昨天
和明天的事
談論那些只有我們知道的
生活的毛邊

我想和你談論浪漫
在心裡有浪的時候
我想和你談論天空
在有你在身邊的時候
談論一些短暫的未來
最真實不過的事
談論許久未被開啟的抽屜
能不能繼續裝進記憶

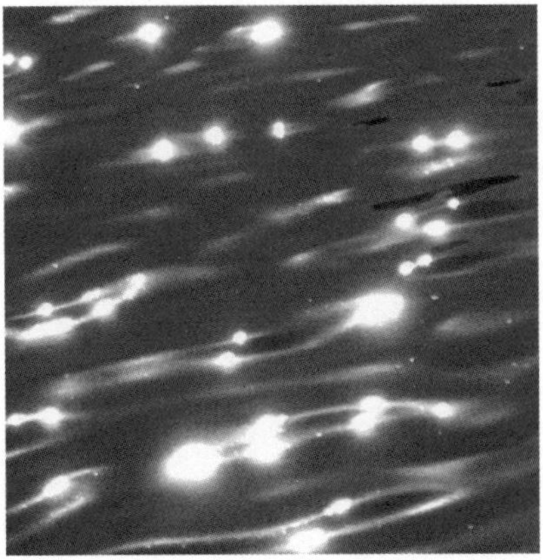

提示

煙霧還未消散
我摘下一片月光
裡面有你的影子
在夜深的時候
我靜靜地欣賞

蕭索的冬日
漫長的黑色是用來遺忘
眼淚再長都沒有關係
只要一轉過身
你還在我的遠方
我們還能相望

大雪

雪都落下了
落在你曾到過的地方
血都落下了
落在你看不到的地方

無夢

在世界靜默之時
給你一個擁抱
我們以月光為指引
就不再畏懼
深深的夜

所有的晚安都被實現了
許你一個無夢的眠
漫漫冬季將臨
我捧著心上引出的火
為你溫暖每個被窩

用筆畫下
每種未來的想像
我已經不再喝醉了
昨天逝去之後
醒來都是有你的好日

還能有更好的明天嗎
我不知道
但你能擁有更好的我
我很確定

慢慢

天色暗了
讓照片都失焦
我們牽手慢慢地走
拿起一本詩集
慢慢地讀
孤單被你的暖融解

天氣涼了
披上喜歡的大衣
我們牽手慢慢地看
看雲慢慢地散
散到一個
我們都不知道的地方
想和你去的地方

天又亮了
從被窩裡慢慢起身
無夢的一夜有你
我聽著你呼吸慢慢起伏
你眼睛慢慢地睜開
傷心的事
從你的睫毛慢慢地滑落
今天沒有新的失望
有你
有你

說走就走

一直很想跟你出發
往一趟說走就走的旅行
不必有目的地
因為重點是你
沒想過我是你的風景

你一個人說走就走
從此沒了消息

一廂情願

這次載你回家
我就不再繞路了

好好

你要好好說話
面對面的時候
看著他的眼睛
從瞳孔滲漏的
是任何語言都無法觸及

你要好好睡去
把晚安留給重要的人
別徘徊在虛實間忘了回頭
在夢境之外
有人還在等你

你要好好擁抱
讓體溫交互作用在
全世界都安靜的時刻
偷偷許下的所有願望
都會得到回應

你要好好愛人
再微弱的火苗
都記得用雙手捧起
因為你不會知道

他曾一次次引燃自己的心臟
在那些無人知曉的夜裡
為了放出你能指認的光明

你要好好道別
還沒做完的那些
會有人代替你完成
收藏所有遺憾的劇本
下一次要成為更好的人

天文特徵

他們說
這是百年一次的相逢
你只用一眼
就望穿了我的餘生

我用盡所有力氣
抵達見你的地方
忍不住期盼
美好的事可以發生

是該慢下心來
慶祝這難得的一刻
我竟然止不住淚
既然沒有下一次再見
我又何必餘生

說走就走　之二

想跟你說走就走
沒想到你說走就走

輯二

忘記想你的時候，我在……

與你之外的時光不過生存而已

公司外頭的這盞燈，被設定在每日傍晚五點時亮起，晚間十點關閉，一天二十四小時裡，它花十九小時在等待令它驕傲的短暫時光，唯有在照亮小巷的那五個鐘頭，它能感覺自己的存在具有意義。有時候我看著它就感到同情，我和它如此相像。

早上八點，面對凌亂的辦公桌、凌亂的待辦事項與我凌亂的人生，十點開始一成不變的會議後，嚥下一成不變的便當。兩點一到就慣性地打瞌睡，這時候泡一杯三合一的即溶咖啡，有時候粉粒尚未完全溶解，就囫圇地越過舌尖滑進食道裡，我沒有多餘的心思品嚐它的甜膩，畢竟是以攝取足量的咖啡因為目的。一直到傍晚六點，辦公桌上的文件都沒有減少，像是預告永遠都有忙碌的明天。

被困在現實的泥淖中動彈不得的我，生活只有在與你相處的短暫裡才有意義。下班回到家，打開門擁抱你的那剎那，是我一天的開始，也是我一天的結束。有時候覺得你大概是我的小王子，而我就像孤獨星球的點燈人，在一片荒蕪上守著日復一日的寂寞，是你帶我認識了快樂，認識了生活。

假日的早晨為你煎一顆蛋、熱一壺咖啡，一起窩在窗邊的沙發，被冬陽擁抱。我手裡握有的微小幸福，構成了生活的唯一真理。

親愛的，還是花了太久才明白，與你之外的時光，不過生存而已，而我一直都是那麼幸運。

在那之後我哭了好幾年

所有的風景都被寫過了
所有的隱喻都已經闡明
我找不到可以訴說的詞語

我不想用驟雨代表傷心
雖然傷心的時候
都想走進一場驟雨

我不想用海浪暗指期待
因為浪會回到岸上
而你不是

我不想用森林形容一段關係
灑脫的人可以擁有一座森林
我只有一個你

我找不到一個季節
能夠包容所有情緒
五月是離開
十一月是寂寞

在那之後的每一次回頭
都變得小心翼翼
在那之後的每個角落
都只剩我自己

我曾想像無數次
這樣的
星期天早晨

我曾想像無數次這樣的星期天早晨
整個世界的動作都很輕
像是能聽見我心裡的話
他們默契地
不發出生存必要之外的聲音

天空是有些黯淡的藍
空氣並不特別乾淨
畢竟是不能活在夢裡
太過美好的想像總是扎傷眼睛

我會在那個早晨開始遺忘
花瓶裡的玫瑰凋萎像你的影子
放一個沒有魚的魚缸
提醒我記憶的死亡

讀一本擱置很久的書
寫一些破碎的字句
期待它們會在後來的哪天
連接成夜空的星座
讓看見的你流下眼淚

那會是一個極其平凡的星期天早晨
我仍一樣的哭泣
一樣的笑了出來
只是我很確定
身體裡
有什麼東西已經碎掉了
我有聽見

我把遺憾都收好了

我把遺憾都收好了
一個鞋盒
裝了一份又一份
快樂與傷感

寄給你的信太多
我已經忘記
自己都寫了些什麼
只記得是以愛緘封

我還在不停尋找
見到你的各種方式
在夢裡和心裡
是兩種一樣的解釋

我把遺憾都收好了
冬日的陽光和
夏天的海
如果還能見上一面
我們再一起去

傷心就佇立在那裡

親愛的，我們習慣用殘忍的話，劃下彼此時間的界線，我在這裡停了下來，而你繼續往前。可無論是前進或後退，沒有立場之別的傷心就佇立在那裡，人來人往都能看見。也許困頓，也許疑惑，也許對視線所及之處都能有所抱怨，但我明白「應該發生的事便只能發生」，如果可以找出最殘忍的話，我想那會是痊癒以前的「謝謝」。

你應該擁有完全的自由，我也是。

生日快樂

一夜狂歡，手機的訊息還是沒有響起，此刻即便是全世界的人都在為我慶祝，我還是只想要你而已。但無論我做了什麼，也都只是你的負擔，所以只好祝自己快樂，沒有你也快樂。

我們不說話了

迫切地需要
一種觀看的角度
蜿蜒的傷是如何被劃下
走過的人和來時的路
我在時間裡虛耗時間

日子久了
他們都已然遠方
我還在蹣跚
尋找關於定義的定義

沒有勇氣出走
卻又不想留下
被生活耽誤的想念
在心底止不住地迴圈

說愛太沈重的時候
就說恨
說恨也太沈重的時候
我們不說話了

放晴

天空放晴了
我放情地哭
你曾經在這
卻沒再回來

旅行

風景是新的
人卻舊了
那些山海都還在原地
你已經走遠
遠到回不來的地方

曾經說好要一起旅行
最後卻沒能履行
沒有理由
就像我愛你
不是誰的問題

欣賞

只有我們能決定
那些觀看表演的方式
理想的前奏
只有時間獨自跟著合音

冬天還在路上
以一種晦澀的語言
走過季節來時的路
獨坐的路燈
砌一半的牆
生活失去了想像

說明書無人翻閱
在使用前
我們都不知道各自的樣子
在使用後
我們越走越遠
直到遺忘的後來

到達你的路近了
我輕輕睜開眼睛
觸碰你的睫毛和未知的風景
他們說明天很遠
我用指尖計算不切實際的距離

被人跳過的序章
寫滿我想對你說的話
厚實的掌心和開過的酒
你讀不讀
都已經與我無關

泡泡

泡泡
破掉了
碎在身體裡
碎成很多片

路燈
破掉了
破在回家路上
寂寞被拉得好遠

歌詞
破掉了
破在昨天的夢
我還想和你說晚安

你的話
破掉了
破在左胸口
我碎成很多片

備忘錄

是一面巨大且無法刪除的牆
在我準備遺忘你的路上
是捨不得
是不能捨
是你還在字裡行間
還在我的心上

所有傷心都值得一提

一直覺得能感受別人的感受是一種很重要的能力，你會知道在自己的世界之外，還有無數種路徑並行，你會知道傷心有很多樣貌，快樂也許不是單純快樂而已。感同身受並不是真的能夠全然地感受他人的苦痛，而是願意傾聽、理解這些情緒的起源，還有它們呈現的方式。如果現在還沒有人能夠接納你眼底的黑，還是要相信在無邊的世界裡，總有個人在意你像對待自己。

所有傷心都值得一提，我一直是這樣想的。

在她懷裡的時間都只是消磨

秋天就這樣賴著不走，在這幾個陽光正好的日子，我把自己攤成一床棉被，想念掛在沿著窗簾攀爬而上的影子上。這些年有人來有人去，我已經習慣面對無解的分離，你是不是和我一樣，輾轉在幾個短暫的擁抱裡獲得了一點點痊癒？但親愛的，在她懷裡的時間終究只是消磨，只因為那些都不是你。

晴朗的日子不傷心

親愛的，又是個晴朗的一天，此刻我無法想像預報說的，明日即將到來的大雨。我們又身在同一個城市裡了，你我呼吸著同一片天空下的空氣，順應這城市的脈絡生活，躺在訊息欄的想念還未被翻閱，我想你已經脫離了我的沉鬱，適應著你已經適應的日子。寫了這麼久，我難以揣摩你看到這些文字時的情緒會是如何，但也許你根本從未看過，這樣也好，這樣很好。傷心的事不適合在晴朗的日子裡解釋，我在等待明天將至的大雨，雨下得越大越好。

在一切結束之後
我們就牽手去看海

把時間打一個結
讓你在收到的時候
可以慢慢地解
解開厚繭
解開自己纏上的鎖鏈

當我們不再執著於
古老的咒語
不再執著於目光還有
各種巨大的聲音
就不再需要讓這世界決定
我們該有甚麼權力

在一切都結束之後
我們就牽手去看海
讓海水把所有惡意煮沸、蒸發
讓雨線提醒我們也擁有自由

把你看著我的眼神深埋
我們的保存期限
不需要一張紙來證明

還是期待著一天
當所有顏色都有了深淺
當所有標籤被愛溶解

當我愛你
就是我愛你
這麼簡單而已

我可不可以死掉一天

我想要現在就死掉
然後死完整的一天

你會參加我的葬禮嗎
我知道
很多人在死後才會說愛我
可我不知道為什麼

是知道我再也聽不見還是
相信我一定能聽見呢

聲音在水裡傳遞的速度比較快
那也許天堂也只是座水上樂園

沒有比死更難的事了
如果有
那可能是要你現在就說愛我

雖然不是在水中
但慢一點也沒關係的

如果是你的話

情書

1. 她愛她的狗勝於你，所以你也要愛她的狗。

2. 不要隨意堆砌詩意的語言，重複的話也不需要說太多。

3. 記錄一張食物清單，她不知道要吃什麼的時候很好用（每天）。

4. 不需要太早到約定的地方，她可能會睡過頭、賴床，或是捨不得離開她的狗（見1.）。快到了可以先說，雖然等待的時間應該差不多。

5. 她吃軟不吃硬，所以硬碰硬只會受傷。

6. 練習當一個偶爾敏感的人，偶爾是她那些她需要回應的時刻。她沒有回應你的那些時候，再把敏感的心收起來，不要太在意了。

7. 可不可點春芽冷露微糖去冰，喜歡 7-11 才有賣的菊花茶，奶茶都喝鮮奶的。

8. 欣賞她覺得美的事物，如果你覺得還好，可能是美感不夠。

9. 希望你會有一台車，不然騎機車真的有點辛苦。

10. 把愛意用稱讚她來表達吧。

終於
忘記你的時候

後來你見到了那些
我們曾經想去的海
踏過荒蕪的山巔
尋找故事書裡的樂土

風箏飛遠了
地上的孩子仍在追逐
整個世界都安靜了以後
月光才開始皎潔

在十一月清晨的薄霧中
想起唸過的幾本書
如果此刻能夠大聲的朗讀
我希望你可以
用眼睛接受我的全部

有天我不再做夢了
溫柔的呼吸和透出指尖的熱
濤聲若是能夠
作為日子的終結
我願意隨波逐流

* 詩題來自 Deca joins〈浴室〉

剩下十二分之一

你的星座還在運行
而我的也是

幾光年的距離
突然變成真的了
還是有些不習慣

這週的工作運不太理想
愛情運倒是好消息
這些我都曾相信不少

現在也懂了
可能你我太遠
預言無法應驗

當我不再順便確認你的星座運勢
我們就已距離光年

你的星座還在運行
而我的也是

薛丁格的 ig 摯友

只要我
不用摯友限時動態
你就不會知道
我們的關係
死掉了沒有

還沒問你
那些花的名字

還沒問你那些花的名字
徘徊的人
錯過了這次的週期
夜晚很冷靜
但我卻不是

浪在岸邊歡快的翻滾
循環著不會止歇的盼
好像能夠看見
花又開碎了一地

新的季節走來到窗前
快要寫好的信
在句點之前停滯
還不明白
下一筆會不會是凋亡

還沒問你那些花的名字
反覆拆除、堆砌的牆佇立
在相隔遙遠的兩端
驟雨即將來臨
我再也撐不起傘

熱心

心是熱的
冬天已經舊了
鞦韆還在寂寞地搖擺
黑色毛衣躺在床邊

天是灰的
你的身影已經舊了
鋼筆寫到沒水
也完成不了一首詩

咖啡涼了
習慣是不習慣的發生
已經不再感到期待
明天也一樣平淡

心是熱的
心事還在翻攪
你的照片不會泛黃
這是最讓人感到孤單的事

有心

有海水的記憶
都是澀的
時間漫過頭頂
只有我急著上岸

趁雨停之前
再看你一眼
我們不要說話
就不會破

在暗處觸摸寂寞
夢境裡
不確定的街道
沒有關於明天的誓言

等分切開肉身與影
刻上的字句還在流淌
若你有心
你也會痛

我沒有你的照片

上個冬天你還在這裡
街景還是舊的
熟悉的暗巷和狹長的房間
我們依靠感覺説話

難以釋懷的都已經闡明
你説有天你不再感到好奇
關於曾經發生過的
所有事情

這個冬天你已經遠去
歌還是舊的
隨機播放後還會循環一遍
我猜想你也是這樣

點開相簿發現沒有你的照片
我感到一陣深沉的失落
是不是有天我們都會遺忘
那些事情

我寫了最後一首詩給你

我寫了最後一首詩給你
哭著睡著然後
再哭著醒來
窗外的天氣很好
我想你大概也是

一首詩能說的話太少
我想像自己的筆跡
會用多少力氣
劃在給你的信紙上
紙都快劃破了
心也還沒癒合

你會看見這首詩嗎
我笑著看著這篇
分行散文
當一個不入流的作者
是多麼快樂的一件事

你曾送我一首詩的完成
卻不知道
你是我每首詩完成的原因
所有親愛的都指向你
所有遺忘都背向你的路途

這首詩應該簡短有力
刪去的篇幅
都是你不在的時刻
我應該感到慶幸
我還能偶爾保持清醒

我寫了最後一首詩給你
你看了也好不看也罷
反正我不會寫詩
我也不會忘記你

虧欠

親愛的，我們互相虧欠，但沒有人需要說抱歉。

末班車已過
Ser.Over
末班車已過
Ser.Over
末班車已過
Ser.Over

輯三

欸，我很想念你

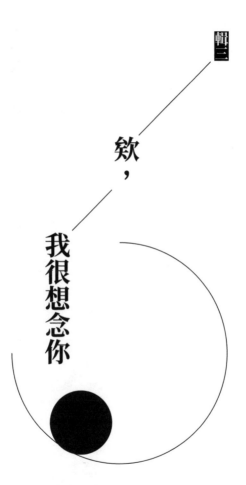

欸，我很想念你

01

親愛的，我不停地寫，暗自期望如果哪天無論在哪裡你能碰巧看見一眼，會知道我還在想念。

02

欸，我很想念你，親愛的。

（GMT+8 17:15）

03

秋天一不注意就要結束了，我的心還停留在炙熱難耐的夏季。親愛的，你回來了嗎？在這個充滿孤寂的城市，我猜想你也會想起曾經的那些。我還是一樣去著我們習慣的咖啡店，做著我們習慣的事，過了一年，感覺時間走得很快也很慢、我走得很快也很慢，但那都是我的想像，僅此而已。親愛的，我很想念你，在冬季即將來臨的時候、在抽菸的時候喝酒的時候，在任何時候。

04

親愛的，秋天的腳步踏得很深，日子漸漸地過了，我正在準備適應即將到來的新生活。夜晚開始變長，我還是常常想起你在的時候，你的眼睛、你的髮，你的手心或你的話，我想我不能放棄面對自己仍舊向著你的事實，無意間看見的照片、日曆的提醒或錯位的鐘。親愛的，又是一年的秋天，你回來了嗎？我還是一如既往地想念你，想念那個不會再有的你，不會再有的我們。

我好想和你說說話。

05

親愛的，你不會知道需要多少勇氣才能告訴你我很想念你這個事實，而你也如我想像的、理所當然地拒絕了其他的可能。我想給自己一個擁抱，告訴自己我已經做得很好了，已經說出想說很久的思念了，我是個更好的人、我變得更完整了，這樣就夠了。

這樣就夠了嗎？

/

親愛的，我變得更好了，我們有可能重新開始嗎？

06

一個人的時間太多了，醉了又醒、醒了又醉，還是忍不住想告訴你一些生活的瑣碎。原來的一切都好好地擺在那裡，怎麼會我們就這麼走到了這裡？我想了很久還是沒能明白。

07

雲在上空拖沓，雨像絨毛不成線，今天又是一個平凡的台北星期天。想出門的心情還是有的，但又害怕我因為太了解你，所以去到你也會去的地方，我還沒想好第一句話該和你說些什麼，不能搞砸任何一種遇見你的機會。親愛的，今天你會去哪裡呢？我想先知道有哪裡我不能去。

08

親愛的，寫稿的過程就是在自己身上反覆尋找已經結痂的傷口，然後嘗試觸碰它還會不會痛。我找到了很多，撕開還未復原的傷，每一次都在提醒自己你還在這裡的樣子該有多好，雖然你不是這麼想的，雖然我可能也快要不這麼想了。時序忽快忽慢，不分晴雨，我在平凡的日子裡平凡地想念你。

只為了背離你的影子

親愛的，看見你捎來的訊息，手機只震動了一下，心裡卻一直延續。曾有的幻想與現實交織成了現在的記憶，時間一長就再也分辨不出那些話你是否真的曾經說過。

我把菸草燒成灰燼，用空酒瓶砌出一道牆，拒絕所有希望的可能，只為了背離你的影子。幾次季節變換，在癒合之際，闔上的書頁又被你翻開，結好的痂迸裂，血卻早已流乾。

我還妄想能與過去的自己和解，到頭才發現我從未離開。

我很想你

親愛的，沒說出口的想念應該安放在哪呢？我想我已經寫得夠多了，甚至不能確定你知不知道我還正在寫下這一切。寂寞的夜晚太長，看著自己筆下的文字，比夜晚更深的黑暗慢慢浸濕我的身體。窗外正在下著大雨，在同一個城市的我們，此刻也許是截然不同的心情。我只想告訴你，我很想你，我很想你。

用十一月的姿勢抱你

親愛的，蕭詒徽寫〈用七月的姿勢抱你〉，可是我想用十一月的姿勢抱你，夏天太熱了，擁抱很難延伸得更久、更深一點。

每一次呼吸中間發生的那些，難以想像的事物實在太多了：騎在寒風裡手被凍得發紅的時候，南半球的冰淇淋正在融化，或是你擁有了快樂的一天，而他的眼淚卻無人能夠承接。雖然不能真的完全了解，但我想珍惜就是你知道自己會永遠記得。

因為傷感的時候總是處在失去言語能力的邊緣，所以才會好好斟酌每一個字說給你聽，也許太刻意鋪張的詞彙聽來反而是疲軟的，但我每次都是那樣努力的想讓你有所感受，在那些不能擁抱的時刻。如果要墜落，也請讓我先放手。

你已經走了好遠好遠

親愛的，我聽著你聽過的歌，想像你傷痛的傷痛，緩慢而悠長的低吟是你眼淚的積累。過了很久很久、很久很久，當我想到也許還能擁抱你來作為安慰，我們就已經不在同一個時區了，你已經走了好遠好遠，我還在錯的那天。

你留下來好不好

「你留下來，留下來好不好？」

親愛的，記得當初創造這個空間的理由，只是因為心裡一句簡單的問題：「如果我想你的時候該怎麼辦？」如今我把你想過了千遍萬遍，最後仍舊回到這裡，無力地回到這裡。你還在我的耳機、相簿，在一個個酒精失效的夜裡，甚至是那些模糊的夢（你知道我總是記不清夢的細節），但我知道那是你。

誠實地接受你誠實的話，然後誠實地受

傷，我放棄捕捉那些日夜之間的細節，眼睛的防線太過脆弱，我的努力像是在海邊築起一道鹽牆，可笑的讓人心碎。

時序且快且慢地走，我明白失重的日子終究會變得遙遠、傷口會結痂，但你知道我會把它一次又一次的剝開，只為了讓疤痕變得更深一點，讓你能住在裡面。

說不騙人都是假的，因為我對你說過一次，也是唯一的一個謊言，就是我能忘記你的一切。

贅詞

親愛的，想念你的時候常常覺得，會不會這世界上所有形容想念的詞彙都已經被使用過了呢？在那些詩集、電影、流行歌曲或是戀人的對白裡。那我該如何才能讓你知道，我的想念全都是從我的身體裡製造出來的？訊息欄突然跳出的相片回顧、隨機播放到一起聽過的歌，或是本來會因為覺得可愛而傳給你的貼文，還有你一直很討厭我卻常常問的「你在幹嘛？」你知道嗎，它們全都是用來修飾我好想你的贅詞。是我製造的、獨一無二的想念。

我們不再說愛了

親愛的，你的髮型換了，笑起來的弧度還是跟初見時一樣漂亮。年少時墜落在慾望的邊緣，將我不能負荷的重分擔給影子，讓你沉沒在孤獨的汪洋，我想應該要有人為我們感到可惜。可與你看過的山海、久坐的咖啡店、午夜的電影、那些被我們消磨的無聊時光，還有床邊的擁抱和被眼淚浸濕的被褥，我都還深刻地記得。但此刻下雨時有人為你打傘、有人幫你解決你不敢吃的香菜，有人承接你的傷感，這樣很不好，但也就這樣就好。我們不再說愛了，我也不能。

「如果再遇見，我們就再也不要分開了。」

旅行的意義

親愛的，我想像你在大雪紛飛的日子裡前行的樣子，白色的雪花沾在你的髮際，是我未曾見過的美或浪漫。五月的雪在我的時區要落下了，無論走到哪裡，我總是希望你也在這裡，我想你知道，我旅行的意義就是和你一起。

能不能
至少來我的夢裡

親愛的，下著大雨的五月是一種病，還未消散完全的冷，與走得太慢的熱籠罩在生活的上空，就在以為要放晴的時刻，驟雨傾盆。過去的瑣碎到了這時停滯了下來，我已經看不清哪裡才是前行的路，下不完的雨殘忍又溫柔地把躁動的心緊緊包裹、不發一語，這是現在的樣子、這是生活的樣子。

想像此刻你在沒有鋒面的時區裡快樂你的快樂，如果可以，能不能至少來我的夢裡，我們還能一起聊上幾句。

我想抱你

2021/3/22 02:46

親愛的，你知道嗎，
你宿舍外的那個路口，
右轉燈會在第34秒亮起，
知道這個小秘密以後，
我總是比其他人更快一步。
你也有什麼我不知道的小秘密嗎？
你知道，不管是再細節的事，
我總是願意聽你說。

記得N曾經說過，

多溝通可以讓兩個人更靠近一點。

其實我想知道的是怎樣才算足夠靠近？

因為我已經說了好多好多了。

用指尖撫過你的皮膚感受到的體溫，

可以算是一種靠近嗎？抱著你算嗎？

我知道你是那種可以在貨架前站十分鐘
猶豫要喝奶茶還是蜜茶、
Uber eats 滑到底還不知道要吃什麼，
還有在衣櫃的全身鏡前考慮要穿哪件到差點遲到的人，
選擇障礙，你說。
那麼，我跟別的誰也曾被掛在你的衣櫃裡面嗎？

其實我不知道自己希望你記得哪些事情，
在回去的路上唱了好多的林宥嘉，
在海邊的咖啡店和怪鳥娃娃，
或是出去玩的時候大吵了一架，
你哭著說我真的很奇怪。
不管是快樂或悲傷的哪一天，
我都想回到那時候再開始一次，是真的想。
不要再抱歉了，我想抱你，現在。

我會一直記得你

親愛的，我記得你說「我會一直記得你」那時的眼神。那是個安靜的夜、再熟悉不過的房間，我能聽見你呼吸裡微弱的淚水流動。

雖然我們都知道那是一句違背時間的謊，但現在想起，我應該要報以一個再誠懇不過的微笑，像每次看見你的第一眼的那種微笑，然後說「我相信你噢！」我應該要這麼說的。

謝謝妳，我也會一直一直記得，我真的會。直到過了年年月月，一個季節取代另一個季節，直到時間不允許我再是我以前。

夢裡出現的人

「夢裡出現的人，醒來時就該去見他，這樣生活會簡單得多。」

——《新橋戀人》

後來，你見到新橋了嗎？雖然它一點都不新了，但那裡曾經是我想和你一起去的地方，我曾經想像一切不必要的發生。我們像 Alex 跟 Michelle 一樣在橋上喝醉、跳舞，看雪覆蓋在一切視線可及之處、看見自己在彼此的眼睛裡。

早已數不清夢見你的次數，我們有時說話有時沉默，醒來之後我總是感到笨拙得無能為力。也許我再也見不到你了，但你還是會一直出現，在這裡、那裡，在夢裡。

生日

親愛的，你還記得我的生日嗎，我的手機密碼依然是你知道的那一組、你的生日，在你離開以後，每次重新開機，心都會再揪上一次。我記得和你一起度過的每個我的生日，手寫的卡片、小小的蛋糕承載著我最大程度的快樂；我也記得我曾經是那樣努力只為了在屬於你的日子讓你快樂、記得你的脾氣，還有言歸於好之後的擁抱，我是這樣固執的記得這些瑣碎的生活片段，卻直到現在才明白，那些已經是你能給我的，最大程度的愛了。謝謝你。

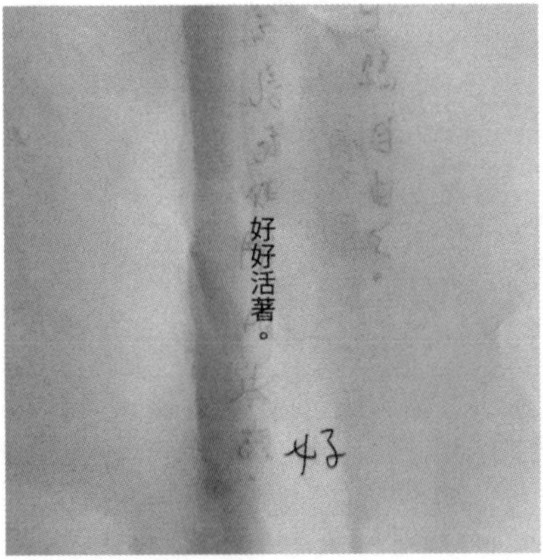
好好活著。
好

雖然我們都不知道愛是什麼

親愛的，想念一個人的時候你會做些什麼呢？你的影子藏在書架上一整排的村上春樹、街邊可愛的小狗、冷門的電影，還有痛得讓人驚醒的那些夢裡。沒有你在左邊的日子，新和舊失去了邊界，它們看來都是一樣的事。

請原諒我，還是一筆一筆的寫下有關你的一切，還有那麼多沒能告訴你的那些，就像偷偷地留下一點點你在身邊。一起經過了這麼多日與夜的交際、季節的更迭，想說的話像細胞增生不斷，但最後能夠說出口的都只剩下一些你聽膩了的拙劣詞彙，在你面前我的偽裝總是會被溶解。

我愛你，雖然我們都不知道愛是什麼，但無論何時何地我還是能勇敢地說。

下雨也沒關係

親愛的，你知道我喜歡秋天，卻討厭秋天台北的雨，天空消失了，整個城市被濕氣籠罩成一片令人感到疏離的灰，依然騎著車的我讓雨水打在臉上，提醒自己還是一個孤單的人。下雨的日子總想著，如果你在這裡，再大的雨也沒關係，我想念那些替你撐傘的日子，你走在左側，右半邊的我被淋得濕透，但那是多麼單純的快樂。不知道現在是不是已經有人為你打傘，那樣也好，我想那樣也好。

哭吧，我在

親愛的，以前我很怕人哭，我會因為自己沒辦法分擔你的難過而驚慌失措，所以總著急的說：「不要哭好嗎？」、「你在哭什麼？」

聽到我的話，先是沉默，然後你會揉揉眼睛，眼角濕潤的給我一個微笑。讓我以為你已經好了，一切還是原本的樣子。直到離開以前你淚流滿面的問：「到底為什麼不能哭啊？」是啊，為什麼不能哭？

我好像自私地把應該一起承受的悲傷，原封不動的留在你手上。

而當我再也不能接住你的淚水之後，我才發現，也許所有未經釋放的眼淚正是一切腐蝕的開始。傷心的時候隨眼淚蠻橫的流，是對自己的溫柔，而幫你擦乾雙眼是我可以給你的承諾。

如果我們再也不能負荷那些淚水請記得你一直都被允許哭泣，而現在我終於懂得，只說一句：

「哭吧，我在。」

我不停地寫，是愛你的一種方式

給L，這是想告訴你的事。

親愛的，今天是你的生日，這篇後記完成於臺灣時間的三月三日的凌晨三點，我在鍵盤上敲下最後一個字，然後闔上電腦。過了四年，我的思念還在你身上。

親愛的，我從二〇一八年開始寫下一篇篇的文字，猶然記得那時候的想念是怎樣的溫度、記得我在學校宿舍外的腳踏車棚緩慢地吸入冷冽的夜晚，然後吐出想對你說的話。二〇二三年了，今年要26歲的我依然想念著你，所有事情都不一樣了，只有思念依舊沒有剝落。你離開以後，我過著規律而乏味的生活，十幾顆藥、黑咖啡、菸和酒在每個日子裡排列整齊，我總是醒在藥效消退的早上九點鐘，點一根菸，從冰箱拿出一罐黑咖啡，開始反覆循環的一天。傍晚結束工作以後，坐在書桌前倒一杯烈酒，打開音響，音樂和酒精像一個裝滿熱水的浴缸，我讓自己緩慢地沉入底部，只留下呼吸的餘地，偶爾直播分享自己的情緒、說一些不著邊際的話，然後熄掉檯燈，上床期待無夢的一夜。這樣的日子過了超過一年半，我還是沒能逃離被你溺愛的幻想。

給讀完這本書的你們。

我沒有寫過後記，能夠出書我來說是一件很重要也很幸運的事情，雖然心裡對於很多人會看到這些文字還是感到忐忑。從來不敢說自己是個詩人、文人或作家，因為我並不認為我會寫詩，我寫的都是專屬於我的、倏忽即逝的感覺，如果你在這裡找到了共鳴，我很開心的同時也替你感到傷心，在最糟糕的日子裡，我曾經想過這世界所有的悲傷都只要我來背負就夠了，但值得悲傷的事太多，又怎麼是我負擔得起的，我只能盼望你和我都有無夢的一夜。

這本書收錄了我從二〇一八年到二〇二三年最新的作品，無論是用字遣詞還是風格都會有所不同，希望閱讀這些文字的你可以查覺出它們是哪個當下的情緒。僅以此書獻給我愛的人，還有愛我的人，謝謝每個出現過的你、謝謝我的家人，無論是曾經或是現在，是你們和我一起成就了否思。

雖然活著的每天都是在慢性自殺，雖然我討厭我愛你、雖然我很想念你，但我們還是可以在一切結束之後，牽著手一起去看海，我等你一起，我想和你一起。

謝謝。

微文學 57

思念指南

作　　者 — 否思
副主編 — 朱晏瑭
封面設計 — 張巖
內文設計 — 張巖
校　　對 — 朱晏瑭
行銷企劃 — 蔡雨庭
第五編輯部總監 — 梁芳春
董 事 長 — 趙政岷
出 版 者 — 時報文化出版企業股份有限公司
108019 臺北市和平西路 3 段 240 號
發 行 專 線 — (02)23066842
讀者服務專線 — 0800-231705、(02)2304-7103
讀者服務傳真 — (02)2304-6858
郵　　撥 — 19344724 時報文化出版公司
信　　箱 — 10899 臺北華江橋郵局第 99 信箱
時報悅讀網 — www.readingtimes.com.tw
電子郵件信箱 — yoho@readingtimes.com.tw
法律顧問 — 理律法律事務所 陳長文律師、李念祖律師
印　　刷 — 勁達印刷有限公司
初版一刷 — 2023 年 4 月 21 日
初版三刷 — 2024 年 2 月 6 日
定　　價 — 新臺幣 320 元
（缺頁或破損的書，請寄回更換）

思念指南 / 否思作 . -- 初版 . --
臺北市 : 時報文化出版企業股份有限公司 , 2023.04
面； 公分
ISBN 978-626-353-671-5(平裝)
863.4　　112004043

時報文化出版公司成立於一九七五年，並於一九九九年股票上櫃公開發行，於二〇〇八年脫離中時集團非屬旺中，以「尊重智慧與創意的文化事業」為信念。